Para mis hijos, Raúl y Carlos, con todo mi amor. **Paloma Sánchez**

Si yo fuera un gato, querría ser Chispu o Kira. **Anna Llenas**

© del texto: 2012, Paloma Sánchez Ibarzábal
© de las ilustraciones: 2012, Anna Llenas
www.annallenas.com
© Editorial Planeta, S. A., 2016
Avda. Diagonal, 662-664, 08034 Barcelona (España)
www.planetadelibrosinfantilyjuvenil.com
www.planetadelibros.com

Primera edición: septiembre de 2016
Tercera impresión: febrero de 2018
ISBN: 978-84-08-16034-2
Depósito legal: B. 14.147-2016

texto de **Paloma Sánchez Ibarzábal**　　　ilustraciones de **Anna Llenas**

Si yo fuera un gato

timun**mas**

¿Qué pasaría si tú fueras un gato?

Si yo fuera un gato...

No me gustaría
salir a pisar charcos los días de lluvia.
Preferiría ronronear junto a la chimenea.

No me gustaría
que me llevaras a patinar sobre hielo...
sino a pasear por las barandillas
de los balcones.

Si yo fuera un gato,
no me gustaría ir de vacaciones
a tu playa preferida...
sino a tomar el sol por los tejados.

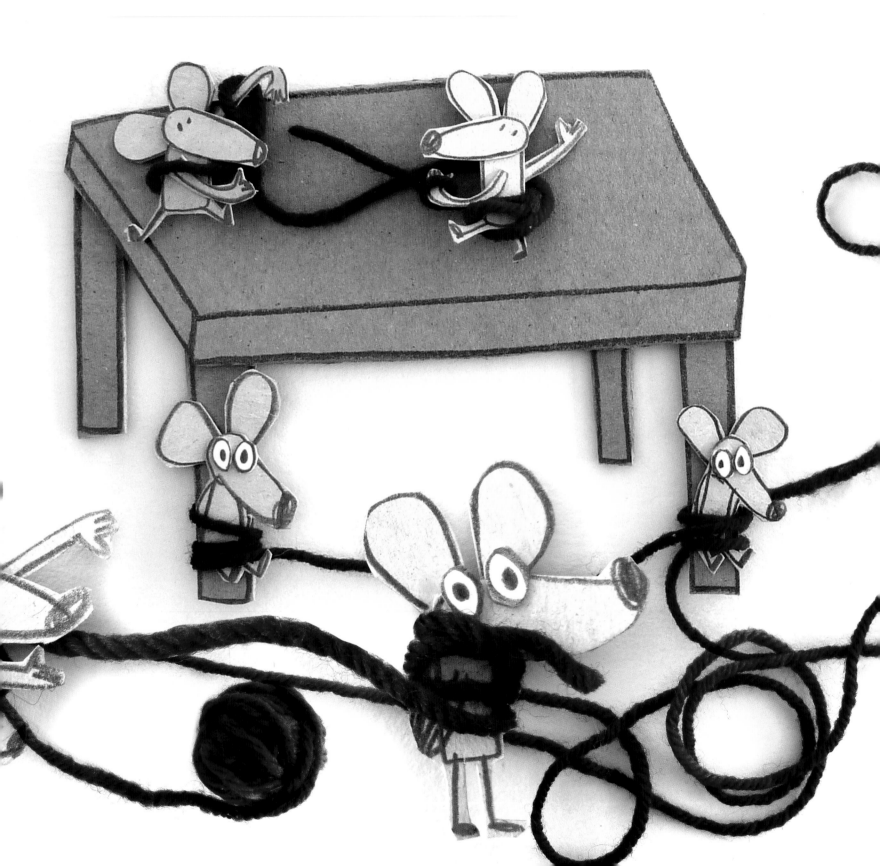

No me gustaría jugar con globos
ni con pistolas de agua...
sino con ovillos de lana.

No me gustaría que me pusieras lazos
para demostrarme cuánto me quieres.

Preferiría que me hicieras cosquillas
en la barriga.

No podría comprar
un regalo para ti
en una tienda...

Pero yo buscaría en la basura
el mejor regalo
para mi mejor amiga.

Si yo fuera un gato,
no podría silbar ni bailar contigo
cuando estuviéramos contentos...
sino que maullaría a la luz de la luna.

Los domingos no querría ir contigo al cine
ni al teatro ni tampoco al circo.
Preferiría quedarme en casa
y perseguir a los ratones del desván.

Si yo fuera un gato,

no podríamos ir juntos al colegio

por mucho que tú lloraras.

Me echarían de allí

en cuanto pusiera una pata en clase.

(Pero siempre te esperaría
junto a la puerta).

No tendría miedo de la oscuridad
y, al llegar la noche,
cazaría todos tus fantasmas.

No me gustaría escalar
hasta la cima de una montaña.
Preferiría subirme por las ramas.

Si yo fuera un gato,
no podría aprender los colores
por mucho que insistieras, porque
un gato lo ve todo en blanco y negro.

No me gustaría
que me regalaran un perro
como mascota.

Preferiría un pájaro o un hámster.

Aunque, si yo fuera un gato,
creo que sería mejor no tener mascotas.

Si yo fuera un gato, el día de mi cumpleaños
no querría una tarta ni caramelos ni regalos.

Lo que más me gustaría sería...

iun buen pescado!

¡Ummm...! No soy un gato

y, a veces, tampoco me gusta

lo mismo que a ti.

Pero si yo fuera un gato,

hay una cosa que no cambiaría:

¡Siempre sería tu amigo!

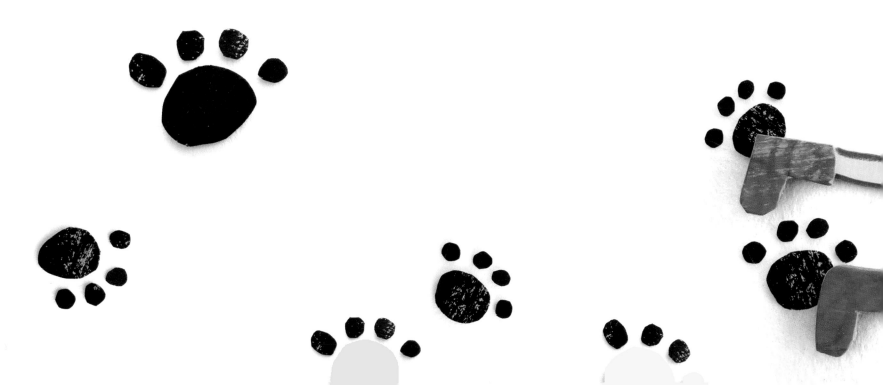

5